JOANNA D

TOPOLOGIES

Contes d'Athènes

Le Castor Astral

TOPOLOGIES – CONTES D'ATHÈNES
est le mille trois cent quarante-deuxième ouvrage
publié par Le Castor Astral

Maquette de couverture :
© Magali Giraudo.

www.castorastral.com

ISBN 979-10-2780-342-2

TOPOLOGIES
CONTES D'ATHÈNES

… Et laisser la mer faire …
… Et laisser la mer faire …

Et laisser la mer faire –

J'ai retrouvé Athènes
Et l'été s'évanouit dans les draps de l'automne.
Je suis malade et j'écris la peau grise d'un hiver
Trop tôt apparue.

Recueillir, témoigner
Une histoire-tapisserie et des mailles qui, d'écho en écho,
se renforcent.
Et si, et si ?
Athènes aurait enfanté cela ?

Écouter plus souvent les oiseaux.
Trouver le passage, la navette.
Mêler, tisser, contes, poèmes et rêves d'Athènes
La mort d'un père, l'amour d'un Toi, et partout – Elles.

Face à la mer, une Reine un jour m'a dit :
Pourquoi la Grèce ?
J'ai répondu parce que le Tout, les images, et le ciel
Et toi,
        Que deviens-tu ?

C'est Le Jour.
Je le sens, c'est pour aujourd'hui
Aujourd'hui, c'est Le Jour.
Mais enfin, arrête de nous embêter avec ça
Tu es comme Lazare, sans cesse ressuscité !

Train pour Barcelone
Un monsieur avec des lunettes de travers s'endort,
Un molosse casse la croûte,
Des ninjas dans la foudre se téléportent

Papa
C'était ton jour mais ça ne l'est plus
Étouffé à l'aube,
Attablé devant un Meursault 86 à midi
La résurrection après l'au-delà

Des entrepôts brillent à l'infini
L'enfant a faim
Il est 10 h 30 et il veut son sandwich
Pourquoi pas ? Merci, mamie

Des kinés qui se transforment en flics,
Une course poursuite : il faut se cacher
Des froids extrêmes, -25, -50 vers l'infini
Ils ont dû avoir froid Jean-Sébastien et les autres !

Blake et Mortimer, la dame et l'explorateur
Toutes ces choses secrètes
Je fais comme Mamie ?
Morphine, fin de vie.

Toi, rêves, j'ai besoin de penser à quelqu'un
Les routes, l'autoroute
Grand cordon d'asphalte
Je suis le ninja de la foudre
La campagne française, les clochers
Apposez l'étiquette sur votre bagage !
Un monsieur-tatouage, superman en t-shirt troué
Et une femme avec ses enfants, du côté des toilettes.

Un grand front dégarni feuillette un magazine :
Mise en scène sur deux pages de Miss validées
Un contrôleur trop discret peine à réveiller la dame
Des regards quand on passe, chancelant
Un train trop rapide et des vaches paisibles.
L'enfant croque dans ses chips :
Mamie moi j'aime bien être ici, on voit du paysage !
Des vallons qui se forment,
Et des mares, vitesse TGV, humides.

N'oubliez pas d'annuler le restaurant
Dites-leur que nous n'y serons pas à midi trente !
Papa, ne t'inquiète pas,
Nous n'avions pas prévu de sortir aujourd'hui.

Un pont, des vallons
Georgelin, Vallanville, des camions qui défilent
LKM Dimov pour l'Ukraine, la Pologne, la Baltique ?
Le jeune homme s'endort, casque sur les oreilles,
Un sourire qui transpire sur ses lèvres endormies
Comment va-t-il ? Comment vas-tu ?

Je ne peux plus t'écrire maintenant que tout est fini
J'aurais dû te garder dans un coin, réchauffé
Mais j'ai été impatiente
Et j'ai embarqué, malheureuse, vers la cité antique,
Miraculeuse et sacrée.

J'y suis allée comme au sacrifice
Sur cette grève où j'ai prié du temps où j'étais Reine
Visage rincé d'un Amin
Quand la mer s'est durcie, nette et soudaine.
Je t'ai perdu un matin
Dans ce train lancé vers un linceul
Le cœur lourd et glauque,
Triste comme une mare en hiver.

Le printemps est là aujourd'hui
Mais tout est chauffé à sang
Comme si nous étions encore en hiver
Chercher la femme et la brûler.

Des boules de poils,
Comme d'infimes queues de lapin
Et la linéarité d'un chapeau défoncé, solitaire sur un banc :
« Mademoiselle, vous connaissez ? »

L'espoir et l'enthousiasme,
Tragédie d'une ville qui semblait convenir
Mais compagnies, périphéries,
Complexes à l'ardeur gâchée.

Moi, emmurée,
Figée de ne savoir t'attendre
Peut-être lister, reprendre par le commencement,
Comptabiliser pour apprendre.

Je ne sais plus parler, ni anglais, ni français
Allers-retours détonants entre altérités multiples
Mais la douleur bientôt – il faut le croire ! – en fuite,
        Et ensemble, alors, Athina-Reine !

Envol –

J'ai pris Emily Dickinson avec moi.
Ses oiseaux perdus –
La rage, la terreur, la frustration, la peine,
Croire que demain tout ira bien.

J'ai peur de la force, j'ai peur de l'ombre.
Nous sommes collectivement effrayés –
La peur, lui dire : viens, je vais t'apprivoiser,
Regarder sous le lit et enfin,

Ouvrir le placard.

À Kolonaki, je vis dans un trou de 90 m^2. Il y fait nuit toute la journée et froid la nuit. Côté chambre, ma fenêtre donne sur un mur aveugle et morne, mais côté rue, sur un oranger chargé de fruits. Dans mon quartier, les retraités font la manche ou les poubelles ; les riches achètent du Caprice des dieux dans des épiceries où l'on écoute du Haendel.

Ma logeuse est très apprêtée : stilettos, ongles parfaits, maquillage chargé, cheveux raidis. Quand elle va dîner dans le quartier, si bronzée et si blonde, c'est une apparition. Personne ne sait que sa baignoire est incrustée de crasse et qu'elle met du déodorant pour les pieds.

À Kolonaki, j'ai cherché des draps et une couverture pour ne plus avoir froid la nuit. Les magasins qui n'ont pas fait faillite sont trop chers : je suis allée sur Ermou, rayon literie. Chargée de paquets, je suis rentrée par la place où les gens bien prennent le café. Je me suis fait paparazzer : le photographe a longuement hésité. S'il savait que mes toilettes sont bouchées depuis jeudi.

Il ne fait ni beau ni moche. Parfois frais, et parfois un peu soleil. Demain il pleut. Dimanche tout s'éclaire. Je n'ai à peu près pas mangé depuis que je suis ici. J'ai bu quelques cafés, et un vin blanc auquel je ne ferais pas confiance plus de deux verres. La première nuit, je n'ai pas dormi.

Dans tout cela, il y a les yeux doux et tristes de Panos, la tendresse angoissée de Yiannis. Je regarde leurs amis. Ils sont jeunes, ils sont beaux. Ils parlent beaucoup et vite. Tout m'a l'air très intense. Je n'y comprends rien mais je me saoule à les écouter. Parfois on me traduit des bouts : des histoires d'amour brisé, de poètes adulés, de révolutions mythifiées, de civilisations disparues et d'avenir incertain.

Je les regarde et déjà je les aime. De loin pour l'instant. Sans trop savoir ce que je fais là. Mais, comme mon oranger par la fenêtre, grâce à eux je me répète : ne t'inquiète pas, tout ira bien.

Ne t'inquiète pas, tout ira bien.

Athènes –

Que dire ? Que raconter ?
Peut-être commencer par la fin, dire que je viens de tomber par hasard sur le cimetière et que c'était magique en cette fin de journée, qu'avec les stations balnéaires ce sont les lieux que je préfère,
que j'ai passé deux heures, peut-être trois, à déambuler dans des allées bordées de cyprès gigantesques, de palmiers et de bougainvilliers,
que j'ai admiré des statues d'albâtre et des mini-Parthénons de marbre,
que j'ai croisé un sosie de Staline et un d'Hitler,
que j'ai vu beaucoup de Ioanna avec leurs petits omégas,
que les cigales s'en donnaient à cœur joie,
que j'ai vu une veuve toute noire,
que j'ai toujours de la peine pour les tombes délaissées,
que j'aime quand on peut voir les photos des morts sur leurs sépultures,
que la lumière était si belle,
que je ne comprends pas pourquoi les cimetières chez nous sont toujours si lugubres,
que devant une tombe ombragée quelqu'un avait installé un fauteuil, une table basse et un cendrier pour de fréquentes discussions avec l'au-delà,
que la plus vieille tombe que j'aie trouvée datait de 1821,
que ce héros mort pour l'indépendance s'appelait Odysseus,
que dans un cimetière je me trouve toujours une tâche à accomplir,

qu'aujourd'hui il s'agissait de trouver les tombes juives,
que j'en devenais folle à faire cent fois le tour de cette énorme nécropole sans autre horizon qu'un champ de croix,
que j'ai finalement laissé tomber,
que ça ne me ressemble pas mais que je me suis consolée en me disant que ma carte se trompait,
que je ne veux pas vérifier de peur de voir qu'elles existent bien et que je sois obligée d'y retourner pour chercher encore,
que je ne sais pas pourquoi je me lance ces missions,
que j'aime pourtant être au calme sans penser à rien,
que ce ne sont pas les morts qui sont là pour vous déranger,
que les chats en revanche sont mauvais et que leurs regards fous me déplaisent,
que d'un coup ils m'ont mis le frisson et j'ai quitté fissa les morts,
que je me suis perdue dans un quartier que je serais bien en peine de retrouver,
qu'il m'a fait penser aux jardins perchés de Telegraph Hill,
que cette ville me rappelle aussi Tirana, Tel Aviv, les villes de la mer Noire mais qu'elle ne ressemble à aucune,
que je suis retombée sur le bijou de librairie où hier j'ai acheté un petit Henry Miller,
que j'ai honte de ne pas parler grec,
que du coup je glousse bêtement quand on m'adresse la parole,
que je devrais arrêter de glousser et apprendre plutôt quelques mots,
qu'Athènes est encore vide et que les boutiques sont fermées,
que la rentrée devrait se faire bientôt,
que pour le moment tout est calme et posé,

que je suis tombée amoureuse d'une Grecque magnifique au marché,
qu'elle s'est arrêtée pour sentir un plant de basilic et qu'elle a souri comme on sourit quand on sent un plant de basilic,
que derrière elle il y avait écrit en grand : « Are you sleepless? We are chaotic dreamers »,
qu'Exarcheia attend ses étudiants,
que Kolonaki finit ses soldes,
que l'ambassade d'Italie a mis ses drapeaux en berne,
que l'ambassade d'Argentine est abandonnée,
que l'ambassade américaine ressemble à un bâtiment stalinien de devant et à une magnifique villa des Cyclades de derrière,
que je souhaite à l'ambassadeur qu'il loge dans la partie villa de luxe,
que je ne m'en fais vraiment pas pour lui,
que mon appartement donne sur un terrain vague planté d'arbres,
que les cigales y sont assourdissantes entre 18 h et 20 h,
qu'elles stoppent net avant que les chats ne prennent la relève,
que la nuit les arbres projettent une ombre gigantesque sur le mur de ma chambre,
qu'on dirait une mante religieuse mutante,
qu'elle ne me fait pas peur pour autant,
qu'au loin je vois une montagne dont je n'ai pas retenu le nom et qui change de couleur avec le soleil,
que la nuit j'ai l'impression qu'une anse brille à ses pieds,
que j'imagine qu'il y a un port et des marins et que la montagne est la fin du monde connu,
que cette anse ouvre sur l'ailleurs,
que je pense à Psili,

que c'est décidément une île étrange,
que je n'arrive pas à me décider à savoir si je l'aime,
que le monsieur qui fait les travaux au rez-de-chaussée me salue d'un *yia sas* et que je réponds encore par le plus officiel *kalimera* ou *kalispera* selon l'heure,
que je crois bien avoir parcouru la distance Athènes-Marathon depuis deux jours que je marche,
que si je continue je ne serais bientôt plus que deux mollets sur des pieds écorchés,
qu'il y a des tortues qui se baladent tranquillement dans les jardins de la Garde Nationale,
que j'ai croisé un Français au téléphone qui hurlait, mécontent : « Une grosse merguez dans ses fesses à ce bâtard »,
qu'Athènes est belle malgré tout ce qu'on peut en dire,
que pour l'instant j'évite d'escalader la colline derrière mon chez moi,
que je suis si heureuse d'être ici et si excitée que je me réveille ou m'endors à l'aube,
que je ne prends que des douches glacées parce que j'oublie d'allumer le chauffe-eau,
que ce n'est pas grave parce que finalement ça fait du bien,
que j'adore le clair-obscur de mes persiennes sur le sol du salon,
que j'espère pouvoir ressusciter la plante qui a eu trop chaud cet été,
que j'ai un évier en marbre,
que la chasse d'eau ressemble à une de mes cousines ce qui me fait plaisir à chaque fois que je l'utilise,
que je n'ai quasiment rien mangé depuis mon arrivée,
que j'ai en revanche ingurgité quelques frappé et freddo et que je tranche une bonne fois pour toutes : le freddo est meilleur,

que j'ai voulu faire la fière en traversant nonchalamment l'allée des bouchers dans le marché couvert et que j'ai failli rendre mon freddo quelques mètres avant la fin,
que j'ai dû bousculer un vieux pour me sortir de là,
que le petit monastère à côté de chez moi a un banc sous un grenadier fort agréable pour lire,
que je me demande s'il faut obligatoirement être gros pour être pope,
que j'ai décidé de manger des figues jusqu'à l'écœurement,
que j'adore me faire une cuillère de mastic dans un verre d'eau fraîche même si c'est pour les enfants,
que les adolescents athéniens sont comme tous les adolescents : vains et grégaires,
que je crois que l'épicière en bas de chez moi est la plus chère épicière de tout Athènes,
que c'est sûrement dû à la présence de l'ambassade américaine et de sa villa de luxe,
que je retournerai faire mes courses au marché de Kalidromiou en espérant croiser mon amoureuse,
que j'ai offert un pansement à un Américain de Los Angeles qui faisait son tour d'Europe en trois semaines et qui m'a confirmé que l'Acropole, eh bien c'est beau,
que je n'ai fait que la contourner pour l'instant et que j'attends le moment propice pour y monter,
que dans cette ville les oliviers et les orangers sont plantés à même le macadam,

Que je pourrais dire tout cela et que ce ne serait encore qu'une poussière de tout ce que j'aime – Sur le mont Lycabette

La lune monte, Athènes brille et je rêve éveillée.

Sur la colline des Muses, j'ai lu en espérant que le pire n'arrive pas. Puis j'ai rejoint des gens que je ne connaissais pas : ils m'ont servi à manger et à boire. Ils ont parlé beaucoup et puis ils ont chanté. De ces chansons populaires qui parlent d'amour et de vie chienne, comme Brassens, Vissotski ou De André.

Je ne connaissais pas les paroles alors on m'a traduit un peu. Seuls ceux qui mangent le pain sale savent aimer. J'ai demandé : le pain sale ? Ceux qui le mangent savent bien ce que c'est. Ils ont continué sur des chants de marins et d'exil, de militants sacrifiés.

Je me suis vue à vingt ans, dans ce couloir souillé où l'on entonnait des airs russes en buvant, pour être ensemble et moins triste. J'ai vu les résultats tomber au compte-gouttes. J'en avais mal au ventre. Alors ils m'ont embarquée dans une taverne perdue.

Dans la ronde électrique, jeunes et vieux dansaient sur des airs anciens. L'étau se resserrait ou s'élargissait – vibrations infimes d'une sensualité venue de loin. Et je me suis dit que s'il ne nous restait plus rien, il nous faudrait danser cette mélancolie folle.

Et la pluie de tomber sur les mandariniers.

Papa –

Marqueurs sanguins antigène carcino-embryonnaire
8 fin août/début septembre
42.6 aujourd'hui
sous 5.5 pour le cancer

Colon, métastases aux poumons, nodule derrière la trachée, trois chimio.
Reprendre le traitement (scanner, rendez-vous oncologue mardi, peut-être radio ?)

Problèmes de respiration, épanchement d'eau dans les poumons, fatigue donc pas de chimio mais vu l'état pulmonaire, besoin de traiter. Hospitalisation dans une autre clinique avec département de pneumologie, échographie du cœur, pas de crise cardiaque.

40 % du poumon droit, trois lobes, le plus important.
8 septembre, il faut voir le pneumologue.

Test gaz du sang, échographie cardiaque, pas d'embolie pulmonaire. Crise cardiaque, pas de rapport avec le cancer. Capacité respiratoire de fumeur, trois paquets par jour. Trois jours d'hospitalisation. Rendez-vous 1er décembre.

20 octobre : quinte de toux, pas de souffle, peut pas parler, peut pas monter l'escalier.
Appelle l'oncologue qui ne répond pas. Appeler le pneumologue pour être référé mais le généraliste doit le faire.

Il n'a rien dans le dossier.

Augmentation du traitement et maintien du rendez-vous pour le 1er décembre.

Meilleurs tests mais problème, traitement de fond à vie.
D'où est-ce que ça vient ?

Pas de contact avec l'oncologue. Lien avec les métastases.
C'est à l'oncologue de vous le dire.
Hier les marqueurs sanguins étaient plus élevés qu'avant l'opération du colon. D'où l'angoisse.

Rendez-vous pris la semaine prochaine.

Le musée, le fou et la tortue –

Je suis restée clouée quarante-cinq minutes à l'entrée du premier étage. Sous les vitrines, un cartel indiquait : « Idole de type Kiliya. Contemplateur d'étoiles. 4360 – 3500 av. J.-C. » Marbres blancs, visages tournés vers le ciel ou bras repliés sur des ventres striés criant la douleur de l'enfantement, datation large. Je suis restée envoûtée par ces femmes schématiques, déesses de la fertilité ou guides divins vers la mort.

Soudain j'ai fui et me suis réfugiée sur l'Acropole, au sanctuaire d'Éros et d'Aphrodite : quelques escaliers qui mènent à pas grand-chose sur le Péripatos, puis une roche rose, creusée de cavités carrées qui abritent de petits cairns miniatures. Au-delà d'Anafiotika est monté le chant solitaire d'une vieille femme qui, j'ai eu envie d'imaginer, se languissait de son île lointaine, cœur brisé priant pour un retour prochain.

En partant, une tortue m'a barré la route : j'ai pensé à La Fontaine, et j'ai tenté de prendre mon temps. Elle me toisait un peu de côté, fière, m'imposant son pas et sa trajectoire. Lorsqu'elle a voulu se lancer dans la pinède, au-delà d'un à-pic sévère, j'ai attendu, l'air narquois. Après courte inspection, elle a compris qu'il lui faudrait abandonner son plan. Mais me montrer ses failles, jamais ! Profitant d'un oiseau créant diversion, elle s'est cachée, mine de rien, derrière un restant de colonne antique. Il a fallu que je détourne pudiquement le regard pour qu'elle reprenne son chemin, la tête haute et invaincue. Nous nous sommes quittées aux portes du Rocher et j'ai continué comme elle, lente et digne.

Petit à petit, je suis rentrée sur ma colline. Dans le noir, un homme hurlant a jailli. J'ai décidé de le suivre, comme la tortue avant lui. Il m'a menée dans un petit jardin illuminé, au milieu d'une cour-paradis où de jeunes comédiens répétaient. Leurs ombres marchaient à travers le jardin, sur un mur presque orange où un violoncelle s'étirait. Puis des mots, des cris : *Demokratia, Politeia, Waffen-SS.* Dans ce lieu où l'on torturait du temps des colonels, j'ai perdu la trace du monsieur hurlant mais, dissimulées au fond du jardin, j'ai trouvé quelques marches : un passage sombre et hanté, puis les jardins de l'opéra, comme une apparition.

Là, j'ai partagé les chants de vieilles esseulées qui montaient des gradins avec un géant sans visage, seul dans la nuit.

Un marin sans moteur ?
Fini les koudous – les as-tu trouvés ?
Parfois tu manques
Doucement. Les voiles t'offrent-elles tout le refuge attendu ?

Envoie-moi tes tendresses et imaginations exposées
Ici l'horizon s'étale, entre langues de terre et
La confiance m'est apparue sur la jetée. Échouée mais entière.
Le jour est infini, j'écoute.

J'ai rêvé de toi, il me semble que c'était il y a des lustres.
Je riais et tu m'embrassais. Je riais plus et tu m'embrassais
plus.
Ma mère m'a dit que j'avais ri toute la nuit.
Dans la brume de routes perdues, j'ai menti : « Ce qui me faisait rire autant ? Je n'en sais rien. »

Et j'ai continué de conduire.

J'ai grimpé et dévalé mille collines aujourd'hui,
Des villas arborées de Psychiko aux cyprès éternels du cimetière de Mets. Athina mou, avec tes rues en pente, tes horizons bouchés, tes garagistes endormis, tes cafés en attente, tes spectacles de fin d'année qui retentissent dans les cours d'école, tes télés qui s'étouffent dans des sous-sols engloutis, tes silences stagnants et tes avenues encombrées, ton ciel gris-jaune, signe des chaleurs d'orage, tes trottoirs défigurés, tes poubelles oubliées. Partout tes acacias, tes pins et ton odeur de résine. Et Ymittos en fond, solide.

J'ai grimpé et dévalé mille collines aujourd'hui,
Ai accroché un regard qui souriait en biais, des mouches collées sur les jupes de gardes impuissants, avant de retrouver mon cimetière bien-aimé. Là, entre le coucou envolé et les voitures au loin, les cigales, pour la première fois cette année. Pardonne-moi Athina, si douce, si belle, toi et tes rues me rappellent parfois la Crimée. Gourzouf, Koktebel, Evpatoria, que deviennent-elles ? Et toi, chéri ? Vania, Vanechka, cher. Je me rappelle tes champs de blé.

J'ai grimpé et dévalé mille collines aujourd'hui,
Car demain je te quitte. Mais je me réjouis de te retrouver, Athina-Reine, vide et délaissée, au cœur statique de l'été. Lorsqu'un drap tient trop chaud, que l'air trop épais bute contre les persiennes, que les fenêtres ouvertes ont l'air bête des choses immobiles, que les nuits pèsent de questions mille fois retournées et que le ronflement du voisin s'invite, marée d'insomnies.

Le dernier jour du mois d'août.
Pourtant j'ai l'impression qu'on a quitté l'été.
Je n'ai pas écrit, peu lu.
Hier, j'ai acheté des cahiers et un nouveau livre.
Il faut noter, sinon j'oublie tout.

Être seule et loin, c'est n'avoir aucun problème :
Est-il temps de remonter ma montre ?
Une petite fille qui se penche sur la fontaine,
Une jupe qui vole. Papa qui meurt.
Les journaux pendent, tenus par des pinces à linge.

Depuis quelques jours, le temps est à l'orage.
Des hommes de 50 ans, bien habillés, qui fouillent
les poubelles.
Les étudiants d'Exarcheia, bronzés après les vacances,
Pleins d'une énergie renouvelée.
Nota bene :
Aller au cinéma en plein air ;
Et boire une bière à la bouteille.

Réveil et homériades –

Il est déjà 10 h mais je me réveille péniblement.
Les yeux encore collés, la tête qui tape.
Une nuit épuisante, peut-être la fièvre. Un délire.
La faute à Homère et à son Odyssée.
Un rêve sans fin, long, tout en volutes.
Volutes des cieux verts et menaçants, qui étouffent un soleil noir. Volutes des rochers acérés et coupants, qui s'élèvent haut dans les nuages.
Volutes aussi du vent qui hurle, hurle encore et se mélange aux rires tonitruants des dieux moqueurs.

Pas de mer, étonnamment. Le labyrinthe de Chora.
Un lanceur de couteaux me vise à chaque nouveau tournant.
Je dois l'arrêter, le rattraper.
Un homme tout noir, couvert de cheveux et de barbe,
Les yeux maquillés de khôl soudain me poursuit.
C'est le Grand Maître des hauteurs de Kimissis.
Je ne veux pas être offerte aux dieux sur l'autel des sacrifices.
Mais les couteaux sifflent toujours à mes oreilles. Je continue de courir, cernée de murs blancs qui dans la nuit semblent briller.
Je suis touchée.

Le Grand Maître me rattrape et panse mes blessures.
Mon Prince – c'est toi – est toujours plus ou moins là. Lointain, distant.
Pas olympien pour autant : tu n'interviens pas dans la destinée de mon rêve qui se déroule,
Les dieux en auraient fait autrement.

Mon père m'explique l'amour sur un schéma qui saigne.
Il me conte l'adultère d'Aphrodite avec Arès, la fureur d'Héphaïstos,
Le piège qui les encercle au moment de la passion,
Les rires des dieux qui se pressent autour des amants prisonniers.
J'ai les yeux encore fermés,
Peut-être qu'Homère a eu raison de ma santé.

Un jour je te raconterai comment j'ai rencontré la Mer, sur un rocher.

C'était il y a tant d'ans.
J'étais partie dans le sud des Balkans, à l'entrée du monde grec. Encore inconsciente. Ignorante. C'est sûrement là que tout a commencé. J'étais sur des rives encore intouchées, parfois sauvages, parfois festives ou familiales. Une longue riviera sur une mer bleu marine, s'étirant à l'infini au large de Corfou. Nous étions partis à deux, sans trop prévoir. Je ne sais plus qui avait dit : Albanie !

Les débuts avaient été chaotiques.
Et puis, sans valises, nous étions partis vers le sud, où Io traversa les flots. Assez vite, nous avions trouvé une crique où nous allions tous les jours. Un pêcheur aujourd'hui disparu servait une grillade fraîche sur des eaux anonymes et un fort protégeait notre anse-paradis. Nous sommes restés accrochés des jours et des journées à quelques rochers, avant de décider de poursuivre, plus avant dans les terres.

Mais la Mer coulait trop profond.
Et ni la Montagne, ni les Ruines, ni le Lac n'eurent raison de l'appel : bientôt, nous quittions tout pour retourner à Elle. Le pêcheur, le fort, les rochers bleu marine étaient toujours là et le temps qui nous restait a repris, apaisé. Le tout dernier jour, nous avons prolongé nos lectures, sans vouloir penser qu'il faudrait se quitter. La mer était plus calme et plus dense, le soleil plus doux.

En cette fin de journée, les rochers rutilaient.
J'étais montée plus haut pour bien voir quand, arrivé de nulle part, un homme est sorti des eaux, juste sous mon perchoir. Depuis les fonds, il expliquait la Mer, les oursins. Puis il s'est hissé d'un bloc, comme si de rien, léger et surhumain. Je n'ai pas pu me retenir, j'ai sauté à lui, l'ai pris dans mes bras. J'étais hypnotisée, rien d'autre que lui, ses cheveux longs et mouillés, son torse bruni, ses jambes balafrées.

Il a continué à parler.
Et je souriais fort, béate, éblouie. Il est resté un peu, si peu, a encensé la Montagne. Et d'un coup, il est parti, survolant les rochers en à-pic, comme au milieu d'une phrase en suspens. Avant de disparaître envolé, il a lancé un *ciao* en un tonnerre olympien et, encore accrochée à lui, je me suis attachée à son nom prononcé :

Deti Jon, Deti Ion.
Tout l'air s'en est emparé et les rochers, et les vagues : l'Ionienne avait parlé. Oui, en ce dernier et premier jour auprès d'Elle, la Mer nous avait envoyé son Roi. Cet être sorti des flots, fort comme un roc, léger comme l'écume, marqué par les tempêtes s'appelait Deti Jon, mer Ionienne en albanais. Alors nous avons remercié l'horizon et j'ai prié les choses et le Tout de m'avoir présenté la Mer ce jour-là.

Tu as dit :
Ferme les yeux car tout ira bien
Ferme les yeux car tout ira bien
J'ai beau fermer les yeux, rien ne va
Alors je ne les ferme plus. Je les remplis d'écrans,
Je m'assomme d'horreurs.

Où est-il celui qui pourra me dire, ferme les yeux car tout ira bien et que je croirai à nouveau ?
Celui qui m'enveloppera de sa chaleur, de sa douceur ?
Celui qui, par la force de son humanité, endormira
ma tristesse.
L'endormira tout simplement, profondément
Ne t'en fais pas, car demain, tout ira bien.

Palpitations
La fièvre – une frénésie
Un songe, un rêve
Une douleur
Le vert – la nuit.
Tous ces i
qui se précipitent dans
L'Apocalypse – Sa géographie
Et Dante.
Trouver les lieux – larges topographies
au sein desquelles, Psili.
Les voilà,
droits et coupants,
Ces i en Odyssée.
Un cauchemar – hostile,
Belle et magnifique
Calypso en sa prison.
Il faudrait un aède
Pour décrire la blessure
Tandis que des mots – le tuyau
Sortent des égouts.

Je l'ai enfin trouvé.

Le cimetière juif d'Athènes. Il m'a fallu plus d'un passage, plus d'une balade parmi les croix, mais aujourd'hui, ça y est. Depuis midi, je la sentais l'angoisse lourde et diffuse qui montait. Sans raison identifiée mais bien là, en train de mariner dans un coin de mon ventre. Elle a explosé tout d'un coup et sans pitié sur les coups de 20 h : sortir, respirer. Vite, au cimetière !

Sans réfléchir, et tambour battant, je suis sortie – louve – prête à hurler. La vieille qui veille sur les popes m'a dit : « On va bientôt fermer. » T'inquiète pas, *yiayia*, tu les auras bientôt rien que pour toi. Dans la lumière d'orage, j'ai couru vers les tombes. Les oiseaux, les chats et moi. Puis j'ai compris que pour calmer mon esprit, il me fallait absolument le trouver ce cimetière juif aperçu sur une carte il y a des années.

J'ai suivi la direction indiquée mollement par un croque-mort hilare. Des croix, toujours des croix. Puis j'ai butté sur un haut mur de pierres, surmonté de barbelés. Récents, entretenus avec attention et délicats, presque. Je me suis souvenue du cimetière juif de Patras et de son triste ghetto de tombes emmurées. Alors, j'ai escaladé les Chrétiens respectables et leurs tombes fleuries et, au-delà du mur et des barbelés, j'ai trouvé les Selma, les Esther, leurs étoiles abandonnées.

Frénétique, j'ai longé le mur, persuadée de trouver une entrée, un portail, une fenêtre ? Jusqu'à comprendre que le mur sévère et borné ne s'ouvrirait pas. Alors je suis montée sur une croix endormie et la colère s'est étouffée en trois sanglots silencieux. Les moustiques m'ont laissée tranquille ce jour-là – tendre empathie, peut-être. Échouée sur un banc, fébrile, je les ai remerciés de m'avoir épargnée.

Rouge –

Aujourd'hui, j'ai brûlé sous le soleil
Ardent
Et vulve ou volcan,
Tout à coup j'ai rugi
Moi la terre, toi l'éther
Et le monstre timide
A caché son trop d'ailes sous son manteau étroit
Puis le rouge, et la lave, et le magma versés
Alors la mouche, noire, épaisse
Et l'envie de tuer,
        Mais enfin, l'interdit, voletant à sa suite
Brune, Sorcière, Étrangère
Médée
Tu as rugi ta colère
Les feux t'ont transportée
Et volant dans les cieux,
Honnissant l'adultère,
Le parjure, l'infâme, le lâche enfin,
Le père
Jason-mou, Jason-fuite
Comme une paume moite
Médée oui tu condamnes
Et les siens et Corinthe…
Souvenirs de Colchide :
Soukhoum, je te revois !
Tes montagnes violentes, tes palais déchirés
Cette nuit tu y étais
Dans mes rêves enfouis, flous et myopies

De mes embruns d'été
Alors toi, Soleil, qui échauffe mon sang
Griffe mon corps
Aux mille écorchures
Toi le vrai Maître qui donne et puis reprend
Brûle encore mon âme
Verse encore mon sang
Et qu'érupte le rouge qui est en moi retenu
Pour déverser ses flots
Sur la baie, d'un Amin.

D'unes –

Hier soir, je suis allée voir la mer en regardant vers l'ouest
et j'ai pensé à vous, mes très chères.
Je suis montée haut sur un rocher
et j'ai hurlé au vent, j'ai crié au soleil,
j'ai montré le poing aux vagues.
Puis j'ai dévalé la dune et j'ai couru dans l'eau,
loin vers le large. J'ai maudit, juré, craché.
J'ai nagé jusqu'à ne plus savoir pourquoi.
Puis, éreintée, je me suis échouée sur le sable.
En croix, les yeux plantés dans les nuages,
j'ai attendu que ma respiration se calme.
Et, les yeux brûlés, les oreilles ensablées, j'ai laissé ce vent,
cette mer et ce soleil me remplir tout entière
et me porter vers vous,

Courage et tendresses.

Ça fait très longtemps que je ne t'ai pas écrit. Depuis quand ? Je ne sais plus mais peut-être il y a un an. Ces derniers mois m'ont paru si longs... Depuis des semaines, je n'écris plus, je ne lis pas. Et là, sur cette plage où le vent souffle trop fort et le soleil descend, je pense à toi, et l'envie me prend.

Avant d'arriver ici, il me pesait de voir toutes ces îles, belles mais à quoi bon ? J'y faisais mon travail avec peine, agacée et fatiguée. Pour casser l'ennui, j'ai fait venir un ancien amant. Puis une ancienne maîtresse. Pensant basiquement que leurs caresses me calmeraient. Bientôt, leur seule présence m'irritait. Irascible, énervée, et toujours, toujours éreintée.

Il faut dire que ces longs mois dont je ne me souviens plus ont été durs. J'ai quitté Paris dans un vertige pour atterrir dans une Athènes en crise. Une semaine après un déménagement compliqué, il m'a fallu rentrer : mon père a finalement accepté de mourir. Une longue et douloureuse maladie où nous avons été auprès de lui, nous les femmes de sa vie, pendant que les femmes de son autre vie attendaient les nouvelles, dans l'opacité de l'infidélité. Dès le lendemain de son enterrement, vols pour Paris, Athènes, Moscou. Sept jours de folie.

À Moscou, il neigeait. En plein mois de mai. Impossible d'annuler, impossible de penser. Puis retour express dans mon trou athénien avant de repartir pour quelques jours de mariage à Paris. De voir mes amis m'a fait du bien, même si la sensation de flottement qui me colle au sang depuis des mois ne m'a pas laissé de repos. Retour à Athènes, enfermée dix jours à écrire sur la visite du Kremlin avant de repartir à nouveau pour Tinos, Mykonos, Syros, Sérifos… La suite n'est qu'un enchaînement de bateaux successifs et de stress à la plage.

Pourquoi je t'écris tout cela, devant la mer déchaînée de ce rocher cycladique ? Peut-être parce que j'étais incapable de dire et de sentir pendant tous ces mois de mouvement incessant, de déracinement et de deuil impossible. Peut-être parce que dans ces petites îles qui me rappellent Psili, j'ose enfin me laisser aller et que les mots me reviennent. Peut-être parce que ce prince, ce marin distant qui n'existe que dans mes lettres me donne l'espace et le temps, la douceur et le courage de penser que quelque part dans le chaos de ces derniers mois, me reste assez d'espoir, de poésie et d'envie pour savoir que, une fois encore, si je ferme les yeux sereinement, tout ira bien.

J'espère de ton côté que tu es bien là où tu es.
Je t'envoie mes pensées. Et si un jour tu passais par ici, arrête-toi un moment.

Je suis au bord de l'eau, je m'apprête à embarquer. Quelqu'un m'indique un bateau au loin, à plusieurs centaines de mètres du rivage. On m'explique qu'il faut que je rejoigne la croisière à la brasse. Une colonne de gens plutôt âgés déjà s'est formée et nage doucement jusqu'au bateau. En rang d'oignon, les retraités de la croisière s'entassent à la file indienne, les pieds des uns dans les faces des autres. Sans questions.

Je décide de couper en biais, hors de la queue vieillissante. Je m'approche de l'eau, encore incertaine – elle est envahie de méduses gluantes et de requins hargneux bien qu'inoffensifs. Dégoûtée, je comprends les indications des organisateurs et les nageurs assagis dans leur couloir étroit. Je reste à terre :

Non, je n'irai pas nager dans vos filets.

Un peu plus loin, d'immenses baleines nagent au bord de l'eau. On pourrait les toucher en étirant la main. Mais ce bal grandiose est dangereux : un coup de nageoire signerait la fin. Tant pis, plutôt le coup fatal d'une danse hypnotique qu'une mare-gélatine aux ailerons de plastique.

Le concert n'avait pas grand intérêt.

Une interprétation en musique de sept tableaux dont Pollock, Monet et Aïvazovski. Nous étions placés très près des musiciens aux chaussures fatiguées. Une jeune violoncelliste tout au fond, à droite, comme une funambule d'un cirque ruiné. Les pieds en dedans, des talons élimés, une frange et une queue de cheval rachitiques et sans vie. L'air un peu perdu, comme s'excusant d'être là. Et puis, à l'opposé, parmi les violonistes, un monsieur chauve, affaissé, clown alcoolique qui ne fait plus rire personne. Un héros oublié.

La soirée avait mal commencé : un rendez-vous express avec un vieux frustré… Quel ennui ! Puis le concert raté, chaotique. Des musiciens et un public dissipés, un soliste stressé, un chef d'orchestre mal assis et une improbable dame lilas au chapeau assoupi. Plus tard, une boîte de nuit digne de Moscou, 2003 : les mêmes néons fanés, les mêmes filles presque nues, payées à danser sur des podiums autour d'un DJ auréolé de ridicule, les mêmes serveuses aux jupes trop courtes, les mêmes hommes au regard brillant d'envie, s'enfilant de mauvais cocktails pleins de sucre.

Après la fermeture, nous avons écouté le matin qui se lève dans le calme du Céramique avant de monter, vite, saisir le ciel qui s'embrasait sur la colline. Depuis les Muses, regarder Athènes grappiller Ymittos, l'Acropole en garde-fou et face à l'aube,

La mer

Faut-il relire ta lettre ?
Ou simplement se souvenir de l'impression qu'elle a laissée ?
L'amour déçu, et pourtant comme un vent frais, la sève.
Elle, solide, frêle et iconique.
Comme je l'aime !
Sais-tu ce qu'elle pense ?
Connais-tu ses envies, ses chagrins ?
Elle – personnage intemporel, pourtant les enfants qui grandissent,
Parfois qui partent au loin.
Toi, toujours dans cet appartement, bientôt sans ressources.
Mais l'écriture, intempestive.
Et le souvenir d'une noyée.

Le tableau, c'est Elle.
On y voit le même ruisseau, aperçu au pied d'Artémis en son domaine
À la fois calme et fatal, les longues herbes d'un vert trop vif
Entourent le corps flottant d'Ophélia.

Elle pourrait être en extase, les yeux rivés vers le ciel, les paumes offertes.
Sa robe semble la porter, d'un gris qui rappelle les feuilles d'olivier
Et des fleurs blanches accrochées au rivage se penchent et chuchotent
Sur les couleurs éclatantes qui s'éparpillent autour du corps noyé.

Ophélia-Virginia
En ce jour de printemps qui annonçait la Pâque
Vous êtes apparues, pâles et chantantes, dans ce ruisseau d'argent
Artémis, chère, merci pour cette offrande, cueillie en un bouquet aux couleurs finissantes.

Depuis des jours, hantée.
Hantée par des mots tourbillonnants
Par la fièvre, circulaire et salvatrice

La barque humide
Et, depuis tous ces jours, les signes
Les échos qui se font et reviennent.

Tout a commencé au temple d'Artémis,
Près du petit ruisseau d'Ophélia.
Puis la boutique –

Reine du carnaval de Patras, 1938
Des photos monstrueuses de bébés sans cheveux,
De mariés trop apprêtés mais dans un coin, Virginia.

Il me semble avoir déjà écrit cette histoire :
La faim après avoir revu cette fille,
Chez elle tout est proportionné, délesté.

Quand le ciel est d'un bleu à la fois vif et doux
On n'y prête pas plus attention que cela
Mais une chamane aux longs doigts un jour m'a dit :
    C'est le bleu Vierge Marie.

Et puis un jour, la transe.

Elle est arrivée en rafales
D'abord sur cette plage déchaînée
Où le vent soufflait les vagues.
J'écrivais en folie, les cheveux Gorgone et la mine qui crissait
Je te parlais, te racontais des mois de silence et de cris
Je vidais l'encre qui s'était, noire, accumulée.
Hors de mon champ, dans un coin solitaire
La Pythie dansait, dans une offrande à la Terre
Puis le vent s'est calmé, et les vagues et l'encre.
La Pythie est venue : j'ai dansé une énergie étrange
Étonnées chacune, nous avons écouté l'oracle
Puis, sourdes et opaques, nous sommes remontées au village.
Le lendemain, un homme Pan réincarné
Nous a parlé de son ancre jetée face au rocher-Kéros :
Ici le jour se lève et l'on quitte tout pour y rester,
Appâté, solidifié.
Nous avons souri sans y croire, admirant le cône parfait
Pointant ses côtes à l'horizon.

Le lendemain, près d'une plage-paradis, la Pythie a retrouvé sa mère
Nous avons partagé épinards et beignets à l'ombre
Puis l'ennui s'est installé alors nous sommes parties sur une côte déchiquetée
Les pieds râpés, les cheveux aux vagues,
Gardant toujours au loin le cône de Kéros en ancrage
À force de rire et de voler nues de rocher en rocher,
Nous avons fait escale sur une anse misérable :

Alors la transe est venue
Soudaine et foudroyante.

Le crâne transpercé, les pieds figés au sable
La Pythie : la sens-tu ?
Pétrifiée, aimantée, verticale
Mille liens filaient de ma vue pour s'arrimer au rocher en face,
D'abord tissages ténus puis ligaments en cordée
Ne pouvant plus soutenir l'hypnotique attraction
J'ai détourné le regard,
Offrant mes yeux au Soleil, mes pieds devenus racines
Pour apaiser les forces, suppliant à genoux,
Écartelée entre Kéros et la Terre,
J'ai chanté les âmes.

Dans ces mots inconnus, la Pythie a reconnu le culte
Et s'est pudiquement retirée de la grève
Sur son trône,
Elle a veillé mon corps tordu en rituel,
Patiente.
Petit à petit, mon vertige s'est calmé et les mots en prière m'ont quittée
Lorsque la transe enfin s'est tue, j'ai rejoint la Pythie
Rassurante, elle m'a dit : tu faisais une offrande
— Oui
Et sans que je sache d'où et comment, j'ai pointé vers Kéros :
Car en face ce rocher est le Royaume des Morts.

Ce n'est que plus tard, dans une autre vie,

Que je me suis rappelé l'écrasante Science d'un musée cycladique,
Fascinée par des statuettes blanches aux bras repliés sur des ventres meurtris
Les cartels disaient :

Retrouvées sur Kéros, île et cimetière – *nekropolis*

Xenos Lacrimosa –

Alors l'homme tombe au fond de l'enfer, au bout de la tranchée.
Il est nu, ne se débat plus.
Les bombes ont cessé de pleuvoir sur lui.
Il est recouvert de glaise, d'argile et doit se façonner, neuf.

Il ne connaît plus le langage, se meut avec difficulté,
Boue tordue, embryonnaire.
La musique se fait lamentation,
Le Requiem pleure ce qu'il est devenu.

Les flots, progressivement, et les larmes qui crient
Des abysses égéens, à la fois claires et patientes.
Quand l'homme sera jugé, Lacrimosa,
Jour de larmes,

Mais à eux le repos.

Ce matin j'ai fait certifier l'acte de notoriété.
Il y a un an, Maman tous les jours de moins en moins assurée. Alors, le billet du retour acheté dans l'urgence, la route et, sur le palier, un cri angoissé : « Vite, vite. » Le lit – tourné vers la fenêtre ; la lumière – grise et délavée. Il a compris, je me penche pour recueillir :

« Dans les bras de Morphée »

Le jour dit, des trois filles c'est Julia qui s'est d'abord réveillée. Se lever, tâtonner. Il est encore tôt, le jour n'est que brume et les yeux de Maman autour du gisant : « L'ambulance ne viendra pas, pas pour les mourants. » Ce sera nous quatre. Alors on a chanté et, de son lointain, il a pleuré.

Vers 7 h, l'infirmière du matin a aidé l'agonie.
Il y a eu le dernier souffle et puis plus rien. Prendre une douche, remballer les affaires. Dans le calme d'une journée de dimanche, il y a eu les cafés, les pompes funèbres, le corbillard garé en bas, le corps emporté, Maman au téléphone et la nécrologie à publier.

Mardi, sous un ciel de bruine, *Le Clavier bien tempéré* s'est enrayé dans une église froide mais pleine. Les lèvres rouges, au sourire élargi, et Maman, mes sœurs chéries, droites derrière le cercueil qui roulait jusqu'au curé admirablement contrit. Le flot continu des condoléances, éviter l'amante pour épargner la mère : « Viens, Maman, viens. »

Enfin, le four qui s'ouvre, un écran qui retransmet les flammes. Et puis le vide, en HD, avant des routes imbibées de pluie.

Miroir –

Perchée sur la barrière de bois devant le champ de blé,
Elle attend.
Ses enfants jouent dans la maison qui va brûler,
Mais avant, le calme.
L'Homme bientôt surgira,
En attendant, le vent souffle dans les champs,
Les épis dansent
Puis le miroir brisé,
L'enfance qui jaillit, bègue, hypnotique
Et les mots,
    Forts et clairs, forts et clairs
    Et l'eau qui s'égoutte en lévitation sur le plafond

Depuis quinze ans, pas une note
Pas une touche, ni noire, ni blanche
Et là, comme un dimanche après-midi,
À l'heure où s'installe l'ennui et passent les vendeurs
de glaces,
Le piano en sourdine.

Qu'on ne m'écoute pas, qu'on s'incline
Enfant tyran – je me suis adoucie

Le piano, la douceur des notes,
Les mains qui retrouvent leur chemin
Parfois hésitent, se trompent
Cherchent en suspens sur le clavier
Puis retombent, fatiguées ou affermies

Le père somnole, la mère cuisine
Les sœurs lisent, travaillent ou attendent

Les notes se succèdent, incomprises
Puis la partition prend vie, s'inscrit
Il y a quinze ans que le piano est mort
Résurrection !

Londres –

La maison, le jardin, les poubelles, la haie.
Les alexandrins de Racine et les vers de Molière qui s'alignent sur la bibliothèque blanche de ma sœur. Décor bleu, rideaux fleuris. Le renard la nuit, les canards en hiver et ce bus maudit, si long, si plein : j'ai passé mon adolescence dans un 319 embué d'infinis.

J'ai peut-être 13 ans.
Nous ne sommes pas tous réunis ce soir-là, sur les vieux canapés de cuir brun, entre le piano et la télé. C'est l'heure des infos, peut-être bien ITV. Je ne sais pas ce qu'a dit le présentateur, je ne l'écoute pas vraiment. Il lance une question au loin et l'écran fait apparaître une femme, Kaboul en fond.

Je me souviens de tout :
De son visage long, de son foulard rouge tanin qui flottait légèrement, du micro gigantesque qu'elle tenait à la main, de l'inclinaison de sa tête pour mieux entendre, de son regard aux cils noirs, et de la force qui se dégageait d'elle, si jeune, déterminée. Je me souviens qu'on sentait le danger dans la ville en bordel, et que le vent soufflait des nuages de poussière au loin.

Surtout, solides, les montagnes brunes.
J'ai leur arrondi dans les yeux, leur rigueur sur la peau. À 13 ans, Elle et ces montagnes ont fracassé ma rétine, pénétré ma psyché. Un jour, oui, moi aussi j'y serai. Mais

il y a eu l'Histoire et j'ai gravité autour de ces frontières, sans jamais passer cols ou rivières – montagnes petit à petit enfouies.

Tant d'années après, Monika les avait convoquées.
C'était au mois de septembre, l'île en Égée finissait sa saison. Sur une plage brique aux câpres vert-Ophélie, elle avait dévalé la falaise en priant : on va y arriver, tout ira bien, on va y arriver. Et j'ai repris ce chant avant d'aller aux vagues.

Chamane et prêtresse, mémoire infinie.
Nous avons conversé sur un banc, attendant un bus – Hermès insoupçonné. Quelques minutes à travers ciels, nous étions sur les traces de soufis et de maîtres. Dans la vallée d'Eristos, amandiers refleuris faisaient naître grottes et ocres du centre de l'Asie et je revoyais ces montagnes, ces rivières et ces steppes.

Merci à Elle qui m'avait donné l'envie.

Le poète m'a dit
« J'ai rêvé de toi »
Une histoire d'Afrique et de Congo,
J'ai pensé aux koudous de Marguerite
Mais la quête était plus prosaïque : des pâtes à la tomate
et du vin.

Puis il a été question de Russie, de bortsch et de petite eau
D'errances joyeuses avec Maïakovski et Lili,
De baisers sur les lèvres froides d'un Lénine amusé,
De discussions avec le diable à l'Étang des Patriarches
Et de chansons hurlées jusqu'à en étouffer.

Un tourbillon, sans queue ni tête
Fait d'envies et d'histoires que l'on se raconte
Puis le petit matin dans les neiges de coton,
à Novodievitchi.
Le silence et les rires essoufflés dans le cimetière gentiment
assoupi,
Les pas enfoncés dans la poudreuse juste tombée.

Devant le marbre de Maïakovski : « Je crois… oui »
Le souffle court, la respiration hachée
Et le fou rire nerveux d'une envie débutante.

La douceur de Sifnos
Le chant du coq dans la nuit
Les étoiles du mois de mai
Et la lumière dorée de Chersonissos.
Sur la plage de Chrisopighi :
Mon petit arbre pelé, toi, allongé en cuillère
Et tes doigts sur mes cicatrices
« C'est quoi ?
— Une baleine m'a croquée »
Cette autre caresse légère mais appuyée
Le matin, après le coq dans la nuit
Au petit déjeuner, dans mon dos : « Je suis là »
Alors, le bateau du retour,
Naufrage annoncé.
Se contenir – mais pourquoi ?

Les flots, coulées myopes et horizons tranchants
Et toi Marin, prince, blondeur infinie
Peau juste salée en notes éclatantes,
Trilles et triolets puis profondeurs d'abysses
Les cailloux ricochent en éclats
Et, au loin paisible, le mât.
Plonger dans l'eau fraîche
L'Égée jeune de l'été
Et ses serres se referment
D'acier sur ton radeau
        Mais moi de flotter d'or dans une éclaboussure
Promets-moi de renaître, au détour d'une écume

Oh la nuit !
Que dire ?
J'ai marché. Doucement, longtemps.
Une chanson fredonnée que je ne connais pas.
Mes doigts effleurant mes lèvres pour sentir encore les tiennes.
Et les draps qui écoutent, souriants
Pour que cette nuit soit, et dure.

Je regardais la mer en cette fin de journée
Envahie, submergée
Où est-il mon marin ?
Une écume,
Parfois le désir monte et l'envie
Alors dors, et je veille à la lune.

Il faut croire. Il faut le croire.
Parce qu'aujourd'hui, c'est écrit.
Ce fantasme, cette muse

Fantasma, a dit l'enfant assis en apnée dans le bus
— *fantasma*, ont répété ses parents en visite

J'ai cherché dans un coin de mes souvenirs,
Les quelques mots d'italien qui restaient
Fantasma, le fantôme – Le corps toujours là

Ce fantôme, nous l'avons vu à Psili :
Nous étions trois, Analysis situs.
J'ai appris plus tard qu'il s'appelait Abel

Première mort, premier meurtre
L'envie a tué le cadet,
Vapeur au détour d'un chemin de folie

Pourtant le réel, toi aussi, et Elle
Alors du songe ou de la vie
Rien ne sert de choisir

Offrande.

La mort d'Alexandre le Grand –

Mère-baleine, échouée et en pleurs,
Elle était pleine de son deuil impossible
Face à ce fils trop tôt perdu, et là devant elle
Dans tes cheveux d'or, son Alexandre.
Elle a pleuré, tant et si bien
Que ses yeux se sont noyés, abîmés.
Tu lui souriais, penché, réconfortant
Comme offert pour sa peine en longues larmes
Écoulée.
Je te vois, je la vois Elle.
Et je comprends ce fils pleuré et toi,
Ressuscitant son baptême.
Nous sommes restés ainsi, installés dans le silence
Et sa fille au café qui, fumant, refroidissait.
Nous avons attendu que le portrait s'estompe
Et lorsque la mère réapparut, les yeux à nouveau clairs
Elle regarda les flots, par-dessus le balcon
Et de la main
Traça l'horizon : Thalassa !

Et nous de vivre

Il y avait un nourrisson – minuscule mais déjà grand – dans une chaumière sombre, rougeoyante et chaude, ravivée par un grand feu de bois. Une foule de proches étaient là, installés autour d'une grande table. Heureux d'être ensemble, sur du bois solide,
Pour se raconter mille histoires dans la salle commune.

Dans un coin plus sombre, ma sœur donnait le biberon à l'enfant et de longues coulées de chocolat noir tranchaient sur ses joues rondes. Je lui ai dit de le relever, doucement, pour ne pas la blesser.
Et l'enfant a continué de téter.

Plus tard, il a été temps d'aller au lit. Et dans une autre grande pièce, auprès d'un feu plus petit, je me suis couchée avec l'enfant emmitouflé dans ses langes. J'ai partagé la couche avec tant d'Elles que j'ai eu peur pour lui. Mais je me suis rappelé cet autre enfant, cette autre Elle,
Et je me suis endormie.

C'était en Ukraine, quelque part sur le front. La guerre civile battait son plein à l'Est, lorsqu'une bombe explosa tout près. Évacuer, vite, sur la colline là-bas, protégée. Je commence l'ascension dans une chaleur de bête. Tout brûle alentour, le ciel est en feu.
J'arrive enfin là-haut.

Une église orthodoxe a conservé son calme. À l'entrée, un homme que j'ai aimé : il est avec son Elle et leur enfant, né la veille. Elle avait envie de voir l'église après la naissance : Ils ont gravi la colline, malgré la guerre.

Cet homme que je redoutais tant me paraît insignifiant dans cet enfer sacré. Il tente quelques blagues, cherche à ce qu'on s'intéresse mais il ne compte plus. Nous l'ignorons, et nous réjouissons, Elle et moi, de la naissance de l'enfant. Le ciel continue de brûler, l'église en bois veille sur nous.

Et nous, sur l'enfant-rose.

Fayoz Tepe –

Il y a quelques jours – combien ? je ne sais plus – j'ai pensé à toi.
J'étais perdue à la frontière afghane. Quelque part du côté de Termez, où le vent chaud brûle la steppe alentour malgré les tentatives vaines de l'Amou-Daria. Là, alors que le jour finissait, un jeune garçon est arrivé de nulle part, sur une bicyclette.

Il m'a accompagnée jusqu'à un dôme tout simple. Je ne comprenais pas vraiment ses quelques mots de russe mâtinés d'ouzbek. Puis, devant son enthousiasme si vrai, j'ai su : il me faisait découvrir les restes du temple bouddhique de Fayoz Tepe. Un labyrinthe de pièces à vivre et de lieux de culte qui accueillait des pèlerins venus de partout, il y a deux mille ans.

Sous ses mots, des bouddhas d'or renaissaient de leurs cendres, des festins se préparaient dans des cuisines gargantuesques et des conversations bruissaient entre inconnus sous des auvents frais. À cinquante mètres : Kara Tepe, autre ville engloutie du Ier siècle, plus grande encore. J'avais envie d'aller voir. Mon guide improvisé m'a dit que je n'avais pas le droit : là-bas c'est déjà l'Afghanistan.

Pour détourner mon attention, il me montre un passage entre deux collines. Il mime des soldats, des chevaux, des explosions. Je comprends qu'il m'indique le lieu où ont défilé les grandes armées d'Alexandre, avant celles du Mongol Gengis Khan – guerriers aux sillons sanglants.

Nous sommes restés silencieux, les bombes en écho, et le soleil a rougi une dernière fois avant de disparaître. De ces talus de poussière où dorment les murs d'un refuge ancien sont montées les trompettes d'une colère en Requiem :

> Mémoires de toi, terre chaude et rougeurs de brique
> Souvenirs d'un roi à l'Oxus traversé
> Jour de cendres et d'effroi – Kara Tepe d'aujourd'hui
> Dies iræ, pour d'autres mers franchies

Ô la douceur d'une nuit –
Les draps oubliés, la chaleur immobile
Le sommeil lourd et bon, attendu
Quelques lignes glanées dans un livre ouvert
Et bientôt toi, allongé sur le lit.

Cette nuit, comment dire ? –
Ma tête sur ton épaule, ton cœur dans ton cou qui bat
Ton bras enroulé et ta main qui sommeille,
Lourde, rassurante,
Sur la rondeur bronzée de ma hanche assoupie.

Nuit de caresses éternelles –
Ton souffle qui s'apaise, le sommeil conquérant
Mes doigts qui gravent des mots dans ta chair
Et bientôt qui pressent, pèsent et chassent
Les esprits de la nuit : arrière !

La chaleur de l'envie –
Mes caresses plus pressantes sur ton ventre,
Tes tempes, ta poitrine et tes mains. Ton souffle régulier,
endormi
Il me semble. Pourtant le désir,
Installé dans l'attente.

Tu retires ma main qui caressait ton front,
L'installe sur ton torse, plus bas encore ton ventre
Et je la découvre enfin.

Désir dans la nuit –
Les gémissements, le souffle, les mains qui disent encore
Et caressent, et incitent. Puis bientôt la fin,
Belle et puissante. Et ta douceur nacrée,
En coulées sur ma langue.

Repos d'une nuit sans sommeil –
Le dos large et repus, tourné pour dormir
Ne sois pas loin ! Mais la chaleur
Borde l'asphyxie,
Et les pensées se perdent en fumées irradiées.

Chants des oiseaux –
Le matin est là, mille sérénades,
Clair et joyeux : tu dors, lourd, et je veille
Puis, enfin, le sommeil jusqu'au réveil hurlant,
Brute cruelle d'une épaisseur sans répit.

Voilà, c'est fini
« On souhaite que l'amour soit et dure »
En ce mois de novembre qui ressemble tout entier
à un mois de mai
Les larmes plein le cœur et, au fond il faut le dire,
La colère d'Achille. Un jour l'écrire,
Dire ses empires et ses fêlures,
Ses épithètes homériques.

J'ai retiré mon pull en coton léger
Le soleil chauffe, tranquille
Et il y a trente ans, le mur de Berlin tombait
À table, l'émotion saisie mais indistincte
Aujourd'hui, quelques pages d'un cahier
Et la fin survenue, le jour de la Toussaint.

Des nuits à boire plus que de raison
Pourtant sans enivrement mais danser !
Euphémismes mal trouvés, tristement secs
Et moi qui fonds, les poumons
En masse gluante dans ma cage thoracique
Voilà, voilà ! tu dis

Il fallait bien qu'on le dise
Le temps d'une soirée sur les marches de Dexameni
Le dire pour ne pas le vivre,
Prendre ses marques pour ne pas les retrouver
Et l'Acropole, infaillible
Toujours là, ancrée.

Cherchez la femme –

Le lustre du café est de travers lorsqu'on est assis à gauche,
mais il semble normal quand on est placé à droite.

Alors le dire ou se taire ? Parler ou mourir ?
Phèdre se tue, Hippolyte vit.

Mais Phèdre de ses mots le condamne.

Aujourd'hui encore, incapable de me lever au matin
Sensation de brûlure, papier de verre dans la poitrine
Je suis sceptique – Tu as raison
Mais il faut écrire, la poitrine en feu
Même si le mimosa sent la fin métallique
Se mettre à l'ouvrage
Il faut, oui – angoisse qui râcle les poumons
Cette crise, une panique – peur profonde d'étouffer
Partout ces noyées et des drains que l'on retire,
Aspirée, débouchonnée, l'accordéon qui expire
Serait-ce lui ? Faut-il y croire ?
Il est là, silencieux, fort de ses folies,
Délires en fulgurances,
Il rit.

Parfois les coïncidences sont trop folles pour être vraies
Et il fait beau aujourd'hui,
Un vrai temps d'automne
J'avais prévu d'écrire toute cette pluie
Et la désillusion violente d'un retour sordide
La solitude de mon premier printemps
Et hier, l'ange Méphisto, si laid d'être trop vil.
Mais aujourd'hui Ellis est né et je reprends ce cahier
Monter une fortification de livres pour ne pas sombrer,
Lutter pour ne pas s'éteindre et refuser le cloaque,
La mer infestée et les requins.

Marin,
toi la muse –

Voilà trois mois que tu n'es plus, et pourtant tu demeures. Je t'avais oublié, sagement rangé dans les oubliettes de mon esprit. J'avais tenté de te réactiver, nuit après nuit… mais rien. Qu'une tête blonde, jolie mais plate, sans vie. J'ai recherché le souffle, l'attente. En vain : tu n'étais plus.

Pourtant hier !
Hier, je suis allée écouter les mots que Marina, vive et rebelle, envoyait à la face d'un Rilke en retenue. Replié sur sa montagne, distant, se nourrissant d'elle mais sans s'y réchauffer : je l'imaginais vieilli, grand, la moustache tombante, le front lourd. Les yeux délavés perdus dans l'horizon, et la peur de l'autre, ancrée solidement.

Elle, ô grande Elle, le rudoie, le bouscule, lui crie, lui hurle. Elle l'aime. Plus les lettres avancent, moins elle se satisfait. Elle veut tout, être tout, avoir tout. Elle se brûle, s'en réjouit, veut partir en flammes. Elle lui dit tu. Il répond on. Mesuré, apeuré. Elle n'a pas peur, elle. Elle le dépasse, le surpasse. Quelle force !
Et pourtant, elle le perd – il n'est plus.

Elle parle de royaume. Toi, prince en mon domaine.
Elle parle de montagne. Toi, perché sur ton Olympe.
Elle parle de poète. Toi, auréolé de lauriers.

Mais *L'amour vit de mots et meurt d'actes*
Je t'avais cru perdu : tu n'étais que caché.

Résurrection, baptême
Et maintenant ?
Je ne t'enverrai pas ces mots,
Mais les prochains – Peut-être ?
En te gardant, je vis.
Alors, ne pas jeter ni les mots ni le trop.

Le retour, *nostos* disent les Grecs
Le confort de la maison retrouvée
Mais l'adieu donné à l'ailleurs
Alors où être ?
Neuf heures de bateau,
Neuf heures de mer et de ronflements saillants

En attendant, Sibelius qui remplit mes oreilles

Voilà deux nuits que je rêve de Sofienka
À chaque fois, des câlins forts et des rires
La première nuit, elle était grande et l'on discutait
Hier, elle était petite, de retour d'Écosse
Dans un kilt trop long
Rapportant plein d'histoires, elle me les racontait

J'ai encore son odeur dans le nez
Sur ce banc où j'attends en paix, au cimetière,
Me revient cette autre mer où nous irons ensemble
Sofia, sagesse-chère,
Et tu nageras, nageras tant
Que nous rirons de loin, avec ta mère

La vieille et l'écran –

Aujourd'hui la tapisserie de Bayeux est partie en voyage :
Je l'ai appris dans un vol low-cost où rien n'est gratuit.
Ma voisine : une vieille dame qui s'endort sur son point de croix virtuel.
Des portraits de chats et autres animaux mignons, dessins fantaisie sur tablette et écran.
L'endormissement la submerge mais la vieille résiste ! Lorsque la tête penche trop et menace, elle se réveille, digne, et fait semblant de poursuivre. Elle continue de cocher ses cases.
T, L, K, G. La vieille se redresse, corrige et tisse la tapisserie de son écran.
Le stylet glisse,

Le point de croix est un hymne à la vie

Confinée loin de toi, Athènes,
Dans un Joueur de luth, j'ai retrouvé une Reine.
Ses yeux pétillants, ses cheveux couleur feu
La rondeur de ses joues, la tristesse sur son front
Érotisme doux et jovialité franche :
Elle était là surgie,
Dans les pliures d'un livre.
Une symphonie en vrac traversait le salon,
Ma tisane refroidissait de sa réglisse fade
Quand nos soirées sont revenues, enivrées : le *papou*,
Ses clochettes, son piano, le bouzouki,
Les carafons d'eau vive après une bière sage,
Les cocktails pour rire sur des terrasses perchées
Et l'ouzo qui, une fois, coulait sur une île.
De si loin ces souvenirs poussent à la surface
Et frémissent en bouillons dans une brûlure d'automne
Été indien du tapis, espoir du bientôt
Et un verre à celle qui,
Depuis chez toi, Athènes,
Rêve d'amour et d'amants, de choucroute et de sève,
Autant que de paix, de justice,

Ô Belle d'amitiés fraternelles.

La vigie de Patmos –

Dans son royaume, château de silence
Où ses lumières veillent
Sur la campagne du coq, de la vieille
Et de l'amoureux faillible
Vigie et phare, elle éclaire et mène
Sirène en tourmente, seule
D'être au-delà d'une cour si basse
Tempêtes et douceurs,
Elle trône, sereine en son oreille
Et l'espoir en drapeau
Elle aime, vit et surmonte,

Étoile du berger sur les hauteurs d'un monde

Anna

Dans sa solitude, chante par bribes
Son Requiem de l'enfant
Et l'amour.
Pourtant, du bout des lèvres,
Effleurées à peine,
Les violons qui s'échauffent
Et la peur envoûtante, en noires et blanches touches.
Vent et tempête, à la fois Soleil :
Furieuses furies qui s'explosent en soupirs,
Sombres pythies,
Dans vos sillons portez, plantez !
Que la semence prenne, au-delà
Des rocs arides.
Feux auprès desquels
On se consume trop vite ?
Sœurs !
Vos requiem résonnent, annoncent
Les marées, qui d'engloutir,
Lavent
Et font jaillir.

Le philosophe a dit :
« Laisser la porte ouverte sur le mystère de l'avoir été, de l'avoir vécu. »

La fatigue est réelle, d'un trop-plein de vies, d'un réservoir de fontaines, qui – bien que vite remplies – se remplissent encore de chaînes. Nouvelle source ou renaissance de la même ? Il semble que partout, je les retrouve : les mers se rajoutent aux mers, les sons aux sons, les couleurs aux odeurs et les chemins se tissent. De navette en navette, le stock originel se poursuit, intarissable à lui-même. Revivre et revivre encore, tous les jours la même. Sisyphe en néquie, je déjoue, involontaire, Celui qui m'appelle. Je le connais et l'ignore puisque demain peut-être.
Et alors le cimetière, et alors la stèle.

Et dessus sera écrit : Dérision jolie.

Après un été indien qui semblait infini, l'automne a éclaté hier. En gros orages et trombes d'eau.
Depuis, on a sorti les vestes et même un petit pull le soir. Automne qui annonce un cycle nouveau. Oui c'est bien cela. Et comme toujours, la nostalgie –

Nostos à géographies variables.

Hier, l'automne a éclaté à Athènes et hier enfin j'ai enterré mon père et la possibilité de Toi.
J'ai aimé plus fort les Elles et j'ai bu du whisky à la santé de mes Reines. Hier, j'ai imprimé les pages de ce qui sera peut-être.

HierHierHierHierHier.
Demain ?

Tout ira bien, parce que la lune, l'Odéon et la mer.

Cet ouvrage a été mis en page et achevé d'imprimer
en avril 2023 par les Ateliers Graphiques de l'Ardoisière
à Cenon (France).

Dépôt légal : mai 2023
Imprimé en France